FRANCESCA SIMON

FELAKET HENRY'NİN DONU

FRANCESCA SIMON Yale ve Oxford Üniversiteleri'nde eğitim gördükten sonra serbest gazeteci olarak çalıştı. Halen başarılı bir çocuk kitabı yazarı olarak, kocası ve oğlu Joshua ile birlikte Londra'da yaşıyor.

Horrid Henry's Underpants
© 2003 Francesca Simon (text copyright)
© 2003 Tony Ross (illustration copyright)
2003'te The Orion Publishing Group Ltd Orion House'un yan kuruluşu olan Orion Children's Book (Londra) tarafından yayımlanmıştır.
Onk Ajans Ltd.

İletişim Yayınları 1106 • Çocuk Kitapları Dizisi 16
ISBN 975-05-0354-6
© 2005 İletişim Yayıncılık A. Ş.
1. BASKI 2005, İstanbul (2000 adet)
2. BASKI 2006, İstanbul (1000 adet)

EDİTÖR Bahar Siber
KAPAK Suat Aysu
KAPAK FİLMİ Mat Yapım
UYGULAMA Hüsnü Abbas
DÜZELTİ Bahri Özcan
MONTAJ Şahin Eyilmez
BASKI ve CİLT Sena Ofset

İletişim Yayınları
Binbirdirek Meydanı Sokak İletişim Han No. 7 Cağaloğlu 34122 İstanbul
Tel: 212.516 22 60-61-62 • Faks: 212.516 12 58
e-mail: iletisim@iletisim.com.tr • web: www.iletisim.com.tr

FRANCESCA SIMON

FELAKET HENRY'NİN DONU

Horrid Henry's Underpants

İLLÜSTRASYON **Tony Ross**
ÇEVİREN **Bahar Siber**

 iletişim

Gina Kovarsky'ye

İÇİNDEKİLER

1

FELAKET HENRY SEBZE YİYOR

"İğğğğ! Böğğğk! Öğğğğğ!"

Felaket Henry, tabağında yüzen korkunç yemeğe kötü kötü baktı. Çamurumsu topaklı çorba. Biçimsiz yumrular demeti. Pütürlü küçük lastik toplar. Böğğğk!

Anne, Baba ve Peter'ın bu ıslak yemi kusmadan yiyebilmeleri, doğrusu pek tuhaftı. Henry beyaz yumru kümesini dürttü. Küçük beyinlere benziyorlardı. Belki de gerçekten... Öğğğğğ!

Felaket Henry tabağını önünden itti.

"Bunu yiyemem," diye homurdandı Henry. "Midemi bulandırıyor!"

"Henry! Peynirli karnabahar çok lezzetli

bir yemektir," dedi Anne.

"Üstelik de besleyicidir," dedi Baba.

"Ben karnabaharı seviyorum," dedi Mükemmel Peter. "İkinci tabağı alabilir miyim?"

"En azından *bir kişi* pişirdiğim yemeği beğeniyor," dedi Baba. Kaşlarını çatarak Henry'ye baktı.

"Ama ben sebzeden nefret ediyorum," dedi Henry. İğğğğ. Sebzeler o kadar... sağlıklıydı ki! Ve tatları da o kadar... otsuydu ki! "Ben pizza yemek istiyorum!"

"Üzgünüm ama pizza yiyemezsin," dedi Baba.

"Ralph her akşam pizza ve kızarmış patates yiyebiliyor," dedi Henry. "Graham da *hiç* sebze yemiyor."

"Ralph ve Graham'ın ne yedikleri beni ilgilendirmez," dedi Anne.

"Daha çok sebze yemen gerekiyor," dedi Baba.

"Yiyorum zaten," dedi Henry.

"Yediğin bir sebzenin adını söyle," dedi Baba.

"Mısır gevreği," dedi Henry.

"Mısır gevreği sebze değildir, öyle değil mi Anne?" dedi Mükemmel Peter.

"Hayır değildir," dedi Anne. "Devam et Henry."

"Ketçap," dedi Henry.

"Ketçap sebze değildir," dedi Baba.

"Senin için yemek pişirmek imkânsız gibi bir şey," dedi Anne.

"O kadar çok yemek seçiyorsun ki," dedi Baba.

"Yediğim bir sürü şey var," dedi Henry.

"Mesela ne gibi?" dedi Baba.

"Kızarmış patates. Mısır gevreği. Burger. Pizza. Çikolata. Şekerleme. Kek. Kurabiye. Bunların hepsini yerim," dedi Felaket Henry.

"Bu yiyecekler pek sağlıklı değil, Henry," dedi Mükemmel Peter. "Saydıkların arasında meyve ve sebze yok."

"Ne olmuş yani?" dedi Henry. "Sen kendi işine bak, kurbağa."

"Henry bana kurbağa dedi," diye ağlamaya başladı Peter.

"Gubara gubara," diye kurbağa taklidi yaptı Felaket Henry.

"Kes şunu Henry," dedi Baba öfkeyle.

"Sağlıksız beslenmeye devam edebilirsin," dedi Anne.

"Aynı fikirdeyim," dedi Baba.

Eyvahlar olsun, diye düşündü Henry. İşte şimdi nasihat faslı başlayacaktı. Dır dır dır. Eğer en iyi nasihatçi ödülü diye bir şey olsaydı, Anne ile Baba bu ödülü mutlaka kazanırlardı.

"Seninle bir anlaşma yapalım," dedi Anne.

"Ne anlaşması?" dedi Henry şüpheyle. Anne ile Baba'nın önerdiği "anlaşma"larda, genellikle Henry'nin feci bir ödül için

korkunç şeyler yapması gerekirdi. Bu
tuzağa asla düşmeyecekti.

"Eğer peş peşe beş akşam sebze yersen,
seni Tıkın ve Çık'a götüreceğiz."

Henry'nin kalbi bir an duracak gibi oldu.
Tıkın ve Çık! Tıkın ve Çık! Burası Henry'nin
dünyada en çok sevdiği lokantaydı.
Kapısında mor renkli neon ışıklarıyla
işletmenin sloganı yazıyordu: "Kızarmış
patatesler masalara aksın!" İçeride, müzik
yayını yirmi ayrı hoparlörden yapılıyordu.
Her masada ayrı bir televizyon vardı.
Müşteriler buradan aşçıların dev bir
mikrodalga fırında yemekleri nasıl ısıttığını
izleyebiliyordu. En güzeli de, büyükler
burada saatlerce oturup çene çalmak
istemezlerdi. Siparişini verir, tıkınır ve çıkıp
giderdin. Burası cennetti.

Yemeklerse harikaydı! Jumbo burgerler.
Dev pizzalar. Ketçap gölleri. Sınırsız
kızarmış patates. Elli iki farklı çeşit
dondurma. Burada sebzenin adı geçmezdi.

Anne ile Baba nedense Tıkın ve Çık'tan nefret ederlerdi. Henry'yi bir defa götürmüşler, sonra da buraya bir daha asla adımlarını atmayacaklarına yemin etmişlerdi.

Halbuki şimdi, Anne kendi rızasıyla Tıkın ve Çık'a gitme teklifinde bulunuyordu. Bu inanılmazdı.

"Kabul!" diye bağırdı Henry, Anne fikrini değiştirmeden.

"Öyleyse anlaştık," dedi Anne. "Peş peşe beş akşam sebze yiyeceksin, sonra Tıkın ve Çık'a gideceğiz."

"Elbette, ne isterseniz yerim," dedi Felaket Henry sevinçle. Tıkın ve Çık'ta yiyeceği yemek için her şeyi göze almaya hazırdı. Tıkın ve Çık'ta yemek yemek için sokakta çırılçıplak dolaşarak "Herkes duysun, ben çıplağım!" diye şarkı söylemeye bile razıydı.

Mükemmel Peter karnabaharını yemeyi kesti. Pek mutlu görünmüyordu.

"Ben her zaman sebzelerimi yiyorum," dedi Peter. "Benim ödülüm ne olacak?"

"Sağlıklı olmak," dedi Anne.

Birinci gün. Taze fasulye.

"Anne, Henry fasulyesini yemedi," dedi Peter.

"Yedim," diye yalan söyledi Henry.

"Yemedin," dedi Peter. "Seni izliyorum."

"Kes sesini, Peter," dedi Henry.

"Anne!" diye ağlamaya başladı Peter. "Henry bana 'Kes sesini,' dedi."

"Kardeşine 'Kes sesini,' deme," dedi Anne.

"Bu çok kaba bir davranış," dedi Baba. "Şimdi sebzeni ye."

Felaket Henry, taze fasulye dolu tabağa kötü kötü baktı. Yeşil solucanlara benziyorlar, diye düşündü. İğrenç.

Peş peşe beş akşam sebze
yemeyi kabul ettiği sırada
kafayı yemiş olmalıydı.
Üçüncü güne gelmeden
zehirlenmiş olacaktı.

Sonra üzüleceklerdi. "Nasıl bu kadar zalim
olabildik?" diye bağıracaktı Anne. "Kendi
oğlumuzu öldürdük," diye söylenecekti
Baba. "Ah neden ona sebze yedirmeye
çalıştık ki sanki?" diye sızlanacaklardı.

Çoktan ölmüş olacağı için, Henry ne
yazık ki "Size söylemiştim!" diye
bağıramayacaktı.

"Bir anlaşma yapmıştık, Henry," dedi Baba.

"Biliyorum," dedi Henry.

Bıçağıyla taze fasulyeden mini minnacık
bir parça kesti.

"Devam et," dedi Anne.

Felaket Henry, çatalını yavaşça kaldırdı
ve zehri ağzına koydu.

Aaağğğğğhhhhhhhh! Ne korkunç bir
tadı vardı bu fasulyenin böyle! Henry,

17

boğazına yapışan fasulyeyi çıkartmak için
gurultular çıkararak tükürmeye başladı.

"Su!" dedi Henry nefes nefese.

Mükemmel Peter, çatalını birkaç
fasulyeye geçirdi ve lokmayı ağzına attı.

"Fasulye harikaymış, Baba," dedi Peter.
"Taze ve gevrek."

"Çok sevdiysen benimkini de
alabilirsin," dedi Henry dişlerinin
arasından.

"O fasulyelerin hepsini yediğini görmek
istiyorum," dedi Baba. "Yoksa Tıkın ve
Çık'a gidemezsin."

Felaket Henry kaşlarını çattı. Bir lokma
daha yemesi mümkün değildi. Fasulyenin
tadı o kadar feciydi ki... Fakat, ah, Tıkın ve
Çık. O burgerler! O kızarmış patatesler! O
televizyonlar!

Başka bir yolu olmalıydı. Korkunç Kral
Henry, bu fasulyeleri alt etmenin bir yolunu
bulmalıydı.

Felaket Henry, hazırladığı planı gözden

geçirdi. Yapacağı şey pek tehlikeli, pek riskliydi. Ama başka seçeneği var mıydı?

Öncelikle düşmanın ilgisini başka yöne çekmesi gerekiyordu.

"Anne, ne diyorum biliyor musun," dedi Henry ağzındaki lokmayı çiğner gibi yaparak, "haklıymışsın. Fasulye çok lezzetliymiş."

Anne sevinçle gülümsedi.

Baba sevinçle gülümsedi.

"Tadına bakınca fasulyeyi seveceğini söylemiştim," dedi Anne.

Henry, lokmasını yutmuş gibi yaptı ve çatalına yeni bir fasulye geçirdi. Fasulyeyi tabağın etrafında dolaştırdı.

Anne sürahiyi doldurmak için masadan

kalktı. Baba ona bir şey demek için arkasını döndü. Şans Henry'nin ayağına gelmişti.

Felaket Henry, masanın altından ayağını uzatarak Peter'ın bacağını gıdıkladı.

"Bacağında örümcek dolanıyor, eğilip baksana."

"Nerede?" diye ciyakladı Peter, çılgına dönmüş halde masanın altına bakarak.

Hop!

Henry'nin fasulyeleri, Peter'ın tabağına geçmişlerdi. Peter kafasını kaldırdı.

"Örümcek falan göremiyorum," dedi Peter.

"Onu attım da ondan," dedi Henry, çiğner gibi yaparak.

O an Peter, tepeleme fasulye dolmuş tabağını gördü.

"Ah," dedi Peter. "Ne kadar şanslıyım! Yemeğim bitti sanmıştım!"

Hah ha, diye düşündü Henry.

İkinci gün. Brokoli.

Şıp!

Henry'nin brokolisinden bir parça "kazara" yere düştü. Henry düşen parçayı Peter'ın sandalyesinin altına itti.

Şop! Yere Henry'nin brokolisinden bir parça daha düştü. Ve bir parça daha. Bir parça daha.

Şıp Şop. Şıp Şop.

Biraz sonra Peter'ın sandalyesinin altı brokoli parçalarıyla doldu.

"Anne!" dedi Henry. "Peter pislik yapıyor."

"İftira atma Henry," dedi Baba.

"O *bana* hep atıyor ama," dedi Henry.

Baba, Peter'ın sandalyesinin altına baktı.

"Peter, yemeğini daha dikkatli ye. Artık bebek değilsin."

Ha ha ha, diye düşündü Henry.

Üçüncü gün. Bezelye.

Ciyyyk!

Henry, bıçağıyla bir bezelye tanesini ezdi.

Ciyyyk!

Henry bir bezelye tanesi daha ezdi.

Ciyyyk. Ciyyyk. Ciyyyk. Ciyyyk.

Çok geçmeden tüm bezelyeler güzelce ezilmiş ve Henry'nin bıçağının altına gizlenmişti.

"Yemek çok güzel olmuş, Baba," dedi Felaket Henry. "Özellikle bezelye. Tabağımı kaldırayım," diye ekledi ve tabağını lavaboya götürüp bıçağını suda çalkaladı.

Baba sevinçle gülümsedi.

"Sebze yedikçe yardımsever bir insana dönüşüyorsun," dedi Baba.

"Evet," dedi Henry tatlı bir sesle. "Yardımsever olmak harika bir şey."

Dördüncü gün. Lahana.

Zzzz.

Zzzz.

"Lahanama sinek kondu!" diye bağırdı Henry. İki elini havada birbirine çarptı.

"Nerede?" dedi Anne.

"Orada!" dedi Henry. Yerinden kalktı. "Buzdolabına kondu!"

"Zzzz," dedi Henry alçak bir sesle.

"Ben sinek falan göremiyorum," dedi Baba.

"İşte orada!" dedi Henry, parmağıyla tavanı işaret ederek.

Anne yukarı baktı.

Baba yukarı baktı.

Peter yukarı baktı.

 Henry, bir avuç dolusu lahanayı çöpe attı. Sonra yerine oturdu.

"Hay aksi," dedi Felaket Henry. "Lahanamın geri kalanını yiyemem, öyle değil mi? İğrenç, korkunç, pis bir sinek tabağımda dolaşıp yemeğime toz, mikrop ve pislik bıraktı."

"Peki, peki," dedi Baba. "Geri kalanını bırak."

Ben bir dahiyim, diye düşündü Felaket Henry sırıtarak. Bitkisel zafere ulaşmaya sadece bir gece kalmıştı!

Beşinci gün. Brüksel lahanası.

Anne, Brüksel lahanasını yedi.

Baba, Brüksel lahanasını yedi.

Peter, Brüksel lahanasını yedi.

Henry, Brüksel lahanasına dikkatle baktı. Brüksel lahanası, o güne kadar icat edilmiş tüm sefil ve berbat sebzeler arasında en kötüsüydü. Öyle acı, öyle baharlı, öyle yeşildi ki...

Henry Brüksel lahanasından nasıl kurtulacaktı? Peter'ın kafası, açık bir hedef olarak hemen karşısında duruyordu. Henry'nin parmakları kaşındı. Hayır, diye düşündü Felaket Henry. Bu kadar yakın mesafeden ağzımla da fırlatabilirim.

Brüksel lahanasını yere mi atsaydı acaba? Yoksa peçetesinin içine mi tükürseydi?

Yoksa... Felaket Henry sevinçle gülümsedi.

Henry'nin oturduğu yerde, yemek masasının küçük bir çekmecesi vardı. Brüksel lahanasının sığabileceği büyüklükte, mükemmel bir çekmece.

Henry, çekmeceyi yavaşça açtı. Lahanaları yiyormuş gibi yapıp bir-iki tanesini çekmeceye saklamaktan daha kolay ne olabilirdi ki?

Çok geçmeden çekmece doldu. Henry'nin tabağı boşalmıştı.

"Bak Anne! Bak Baba!" diye bağırdı Henry. "Hepsi bitti!" Hepsinin bittiği yalan sayılmaz, diye düşündü Henry neşeyle.

"Aferin Henry," dedi Baba.

"Aferin Henry," dedi Peter.

"Yarın seni Tıkın ve Çık'a götüreceğiz," dedi Anne.

"Yaşasın!" diye bağırdı Felaket Henry.

Anne, Baba, Henry ve Peter yürüyerek sokağı baştan başa geçtiler.

Anne, Baba, Henry ve Peter ters yönde yürüyerek sokağı baştan başa geçtiler.

Tıkın ve Çık'ın yanar söner neon ışıkları, bangır bangır çalan müziği ve mor renkli duvarları nerede kalmıştı? Herhalde yanından geçip görmemişlerdi.

Ama bu nasıl olabilirdi? Felaket Henry öfkeyle etrafa baktı. Tıkın ve Çık'ı görmeden önünden geçmesi mümkün değildi. O neon ışıklar kilometrelerce uzaktan bile görülürdü.

"Buradaydı," dedi Felaket Henry.

Ama Tıkın ve Çık yok olmuştu.

Yerine yeni bir lokanta açılmıştı.

Tabelasında "Sebzeli Sağlık," yazıyordu.

"Yeni sebze lokantası!"

Felaket Henry kapının önündeki mönüye dehşetle baktı:

Lahana çorbası
Ev usulü Bezelye
Sürprizli Fasulye Bohçası
Sütlü Brüksel Lahanası
Brokolili Dondurma

"Yaşasın!" dedi Peter.

"Bak Henry!" dedi Anne. "Mönüde en sevdiğin sebzeler var."

Felaket Henry, itiraz etmek için ağzını açtı. Ama hemen peşinden kapadı. Yenilgiyi ne zaman kabullenmesi gerektiğini iyi biliyordu.

Sebzeli Sağlık
Yeni sebze lokantası

2

FELAKET HENRY'NİN DONU

Geç gelmiş bir doğum günü hediyesi! Yaşasın! Bu, tam bütün ganimeti topladığını düşündüğün anda, yeni bir hazine bulmak gibiydi.

Felaket Henry, küçük ve ince paketi salladı. Hafifti. Çok hafif. Belki de hediye —evet, lütfen öyle olsundu— PARAYDI! Elbette paraydı. Başka ne olabilirdi ki? Henry'nin satın alması gereken bir sürü şey vardı: Çılgın Max beslenme çantası, Kır-Dök-Parçala rüzgâr makinesi ve elbette televizyonda reklamını gördüğü yeni Gladyatör Terminatör oyunu. Anne ve Baba öyle kötü insanlardı ki, Henry'ye o oyunu

asla almazlardı. Ama kendi parası olursa,
Henry istediğini alabilirdi. Ha ha ha ha ha.
Henry okula Çılgın Max beslenme
çantasıyla girdiğinde, Kaba Ralph
kıskançlıktan mosmor olacaktı... Henry,
Peter'ı Kır-Dök-Parçala rüzgâr makinesinin
yanına yaklaştırmayacaktı...

Acaba paketin içinde ne kadar para vardı?
Belki de her şeyi satın almasına yeterdi!
Felaket Henry hediye kağıdını yırttı.

AAAAĞĞĞĞĞHHHHHHHH! Büyük
Hala Greta yine yapacağını yapmıştı.

Büyük Hala Greta, Henry'nin kız
olduğunu sanıyordu. Büyük Hala Greta'ya
binlerce kez adının Henrietta değil, Henry
olduğu, ayrıca dört yaşında olmadığı
söylenmişti. Ama Peter'a her yıl hediye
olarak 10 *pound*, futbol topu ya da
bilgisayar oyunu gelirken, Henry'ye
Yürüyen-Konuşan-Ağlayan-Çiş Yapan-
Mama Yiyen-Gaz Çıkaran bir bebek gelirdi.
Ya da Pırlantalı Prenses Mücevherleri. Ya da

Pembe Bebek Pantalonları. Şimdi de bu.

Felaket Henry doğum günü kartını eline aldı. Belki zarfın içinden para çıkardı. Henry zarfı açtı.

Sevgili Henry,

Artık kocaman bir kız olduğun için, bu kız külotunun hoşuna gideceğini düşündüm. Pembe rengi sevdiğini umarım.

Sevgiler, Büyük Hala Greta

Felaket Henry dehşet dolu gözlerle, kalp ve gökkuşağı desenleriyle süslenmiş, büzgülü, dantelli, fırfırlı pembe kız külotuna baktı. Bu, o güne dek aldığı en berbat hediyeydi. Çoraptan bile daha beterdi. Mendilden bile daha beterdi. Hele kitaptan çok daha beterdi.

İğğğ! Böğğk! Öğğğ! Felaket Henry, külotu ait olduğu yere, yani çöpe attı.

Ding dong.

Hayır olamaz! Kaba Ralph oyun oynamaya gelmişti. Eğer Kaba Ralph o külotu görecek olursa, Henry ömrü boyunca bu hikâyeyi dinlerdi. İsmini bir daha asla temize çıkaramazdı.

Güm. Güm. Güm.

Kaba Ralph, merdivenlerden yukarı çıkıyordu. Az sonra Henry'nin odasına girecekti. Henry yüz karası külotu çöpten çıkarttı ve panik içinde odasında göz gezdirerek külotu saklayabileceği bir yer aradı. Yastığın altı uygun muydu acaba? Ya yastık savaşı yaparlarsa? Yatağın altı? Ya saklambaç oynarlarsa? Henry külotu çabucak çamaşır çekmecesine sakladı. Ralph gidince ondan kurtulurum, diye düşündü.

"Merhamet, majesteleri, birazcık merhamet gösterin!"
Kral Felaket Henry

başını eğerek, burnunu çeke çeke ağlayan kardeşine baktı.

"Kellesi uçurulsun!" diye emretti.

"Henry! Henry! Henry!" diye tezahürat etti kralın tebaası.

"HENRY!"

Kral Felaket Henry rüyasından uyandı. Medusa annesi tepesine dikilmiş kendisine bakıyordu.

"Uyuyakalmışız!" diye ciyakladı Anne. "Okulun beş dakika sonra başlıyor! Hemen giyin! Çabuk ol! Çabuk!" dedi ve yorganı Henry'nin üzerinden çekti.

"Ne... Ne?" diye geveledi Henry.

Baba odaya daldı.

"Acele et!" diye bağırdı Baba. "Geç kaldık!" Henry'yi kolundan tutarak yataktan kaldırdı.

Henry sendeleyerek loş odada dolandı. Uykulu gözlerle çamaşır çekmecesine ulaştı, eline gelen ilk çamaşırı çıkarttı, sonra yerde duran kıyafetlerini aldı ve her şeyi üzerine geçirdi. Sonra da Henry, Baba ve Peter telaş içinde okula doğru yola koyuldular.

"Margaret! Susan'ın saçını çekmeyi bırak!"

"Ralph! Yerine otur!"

"Linda! Ayağa kalk!"

"Henry! Tahtayı dinle!" diye gürledi Bayan Acuze. "Bugün iki haneli bölme işlemini anlatacağım. Dikkatli dinleyin, sadece bir defa anlatacağım. Önce büyük bir sayı alınır, mesela 375, sonra da başka bir sayıyla ..."

Felaket Henry tahtayı dinlemiyordu. Yorgundu. Keyifsizdi. Her nedense giydiği don poposunu kaşındırıyordu.

Bu don feci kaşındırıyor, diye düşündü Henry. Üstelik çok dardı. Durup dururken donuna ne olmuştu?

Felaket Henry eğilip donunu inceledi.

İşte o an, Felaket Henry hangi çamaşırı giydiğini gördü. Üzerindeki, Matkaplı Yamyamlar donu değildi. Manyak Marvin donu da değildi. Lastiği tutmayan, kumaşı delinmiş Rezil donu da değildi.

Felaket Henry, kalp ve gökkuşağı desenleriyle süslenmiş, büzgülü, dantelli, fırfırlı pembe bir kız külotu giyiyordu. Geçen ay Ralph görmesin diye bu külotu çamaşır çekmecesine tıktığını tamamen unutmuştu. Ve şimdi işte o korkunç külotu giyiyordu.

Belki de kâbus görüyorumdur, diye düşündü Felaket Henry umutla. Kolunu çimdikledi. Ah! Ardından emin olmak için William'ı çimdikledi.

"Aaağğğğ!" diye ağlamaya başladı Sulugöz William.

"Kes ağlamayı, William!" dedi Bayan Acuze. "Şimdi, sonuç ne eder?"

Kâbus görmüyordu. Okuldaydı ve üzerinde pembe bir külot vardı.

Bu durumdan nasıl kurtulabilirim?

Panik yapma, diye düşündü Felaket Henry. Derin bir nefes aldı. Panik yapma. Nasılsa kimse öğrenmeyecekti. Pantalonu şeffaf değildi sonuçta.

Dur bir dakika. Hangi pantalonunu giymişti acaba? Arkasında delik var mıydı? Felaket Henry, delik olup olmadığını kontrol etmek için pantalonu hızla kendi etrafında döndürdü.

Oh, neyse ki. Delik yoktu. Arkasında kocaman bir yırtığı olan eski kot pantalonunu değil de yeni bir pantolon giymiş olması ne büyük şanstı.

Güvendeydi.

"Henry! Sonuç ne çıkar?" dedi Bayan Acuze.

"Külot!" dedi Felaket Henry kendini tutamayarak.

Sınıf bir anda gülmeye başladı.

"Külot!" diye çınladı Kaba Ralph.

"Külot!" diye çınladı Titrek Dave.

"Henry. Ayağa kalk," diye emretti Bayan Acuze.

Henry ayağa kalktı. Kalbi küt küt çarpıyordu.

Hop!

Aaağğhhhh! Külotunun pembe fırfırları görünüyordu. Yeni pantalonu çok büyüktü. Anne, bir sonraki sene de giysin diye, Henry'nin kıyafetlerini hep bir beden büyük alırdı. Bu, dün denediği beli düşen pantalondu. Henry, eliyle pantalonunun belini tuttu ve paçalarını yukarı çekti.

"Ne dedin?" diye sordu Bayan Acuze yavaşça.

"Ot," dedi Felaket Henry.

"Ot mu?" dedi Bayan Acuze.

"Evet," dedi Henry. "Söylediğiniz sayıyı kaç ota bölebilirsiniz, onu düşünüyordum," diye ekledi.

Bayan Acuze, gözlerini kısarak Henry'ye baktı.

"Gözüm üzerinde olacak," dedi Bayan Acuze. "Şimdi yerine otur ve tahtayı dinle."

Henry yerine oturdu. Tek yapması gereken, tişörtünü pantalonunun içine sokmaktı. Aptal gibi görünecekti ama, bu defalık, bu, Henry'nin umurunda değildi.

Fırfırlı pembe külotundan kimse haberdar olmadığı sürece buna dayanabilirdi.

Henry bir anda başından kaynar sular boşalmış gibi oldu. Bahçede oynanan son haylazlık oyunu neydi? Adam soymaca. Peki bu oyunu kim başlatmıştı? Felaket

Henry. Dün Titrek Dave'i yakalamış, pantalonunu çıkarmıştı. Önceki gün, aynı şeyi Kaba Ralph'a yapmıştı. Bu sabah sınıfa girerken neredeyse Sert Toby'yi soyacaktı.

Şimdi hepsi, Henry'yi soymaya çalışacaktı. Başka bir don bulmam gerek, diye düşündü Henry umutsuzca.

Bayan Acuze matematik alıştırmalarını dağıttı. Henry daha soruları bile okumadan 3, 7, 41, 174 diye karaladı. Çift haneli bölme işlemi yapacak vakti yoktu.

Başka bir donu nereden bulabilirdi? Hasta taklidi yaparak eve gönderilmesini sağlayabilirdi. Ama bu numarayı bu hafta

iki kez denemişti. Bir dakika. Bir dakika.
Henry bir dahiydi. Kayıp Eşya Bürosu ne
güne duruyordu? Birileri de donunu
kaybetmiş olmalıydı.

Zırrrr.

Felaket Henry teneffüs zili çaldığı anda
yerinden fırladı, eliyle pantalonunu tutarak
koridoru geçti ve alt kata indi. Kendisini
gören olup olmadığını kontrol etti ve Kayıp
Eşya Bürosu'na girdi. Yeni bir don bulana
kadar burada saklanacaktı.

Kayıp Eşya Bürosu kıyafetle doluydu.
Henry kayıp eşya tepelerinin altını üstüne
getirdi: Ayakkabılar, çoraplar, ceketler,
külotlu çoraplar, gömlekler, paltolar,
beslenme çantaları, şapkalar, eldivenler.
Hâlâ okuldan giyinik çıkan öğrenci
olduğuna şaşmalı, diye düşündü Felaket
Henry, elindeki kazağı omzunun üzerinden
geriye doğru atarken.

Derken... yaşasın! Don. Mavi bir don.
Yeni bir don görmek ne kadar güzeldi.

Felaket Henry donu yığının arasından çekip çıkardı. Hayır olamazdı. Bu, Henry'nin hayatında gördüğü en küçük, en dar dondu. Bir bebeğe ait olmalıydı.

Kahretsin, diye düşündü Felaket Henry. Ne olursa olsun, pembe külotu bir saniye daha üzerinde tutamazdı. Birisiyle çamaşırını değiş tokuş etmesi gerekiyordu. Ve Felaket Henry o birisinin kim olduğunu çok iyi biliyordu.

Henry, Peter'ı bahçede Utangaç Ted ile yakalamaca oynarken buldu.

"Seninle özel olarak konuşmam gerekiyor," dedi Henry. "Acilen."

"Ne hakkında?" dedi Peter ihtiyatla.

"Çok gizli," dedi Henry. Köşeden Dave ile Toby'nin kendisine doğru geldiğini gördü.

Çok gizli! Henry çok gizli şeyleri Peter'a asla anlatmazdı.

"Çabuk!" diye emretti Henry. "Kaybedecek vaktim yok!"

Henry erkekler tuvaletine daldı. Peter arkasından geldi.

"Peter, senin için endişeleniyorum," dedi Felaket Henry. Endişeli bir hava takınmaya çalıştı.

"Bir şeyim yok, iyiyim," dedi Peter.

"Hayır değilsin," dedi Henry. "Hakkında kötü şeyler duydum."

"Ne gibi kötü şeyler?" diye sordu Peter endişeyle. Henry, Peter'ın sınıftaki halının üzerinde koştuğunu mu duymuştu yoksa?

"Yüz kızartıcı dedikodular," dedi Felaket Henry. "Ama ben seni uyarmazsam, başka kim uyaracak? Sonuçta..." dedi Henry ve

kolunu Peter'ın omzuna attı, "seni
gözetmek benim görevim. Ağabeylerin
görevi, kardeşlerini gözetmektir."

Mükemmel Peter kulaklarına
inanamıyordu.

"Ah Henry," dedi Peter. "Hep beni
gözeten bir ağabeyim olsun isterdim."

"O benim işte," dedi Henry. "Şimdi beni
dinle. Duydum ki bebek donu
giyiyormuşsun."

"Giymiyorum," dedi Peter. "Bak!" Peter,
Henry'ye Daffy ile Uçan Papatyalar donunu
gösterdi.

Felaket Henry'nin kalbi duracak gibi oldu. Daffy ile Uçan Papatyalar mı? İğğğ. İğrenç. Ama Daffy bile fırfırlı pembe külottan bin kere daha iyiydi.

"Daffy ile Uçan Papatyalar, bebek donlarının en fecisi," dedi Henry. "Bebek bezinden bile daha beter. Herkes seninle alay edecek."

Peter'ın dudağı titredi. Kendisiyle alay edilmesinden nefret ederdi.

"Ne yapabilirim?" diye sordu Peter.

Henry düşünür gibi yaptı. "Bak. Sana büyük bir iyilik yapacağım. Kendi donumu seninkiyle değiştireceğim. Böylece seninle değil, benimle alay edecekler."

"Teşekkür ederim, Henry," dedi Peter. "Sen dünyanın en iyi ağabeyisin." Sonra durdu.

"Bir dakika," dedi Peter şüpheyle. "Senin donunu da görelim."

"Neden?" dedi Henry.

"Çünkü," dedi Peter. "Değiştirecek donun olduğunu nereden bileceğim?"

Felaket Henry öfkeden köpürdü.

"Tabii ki donum var," dedi Henry.

"O zaman göster," dedi Peter.

Felaket Henry kapana kısılmıştı.

"Pekâlâ," dedi Henry ve Peter'a pembe fırfırı kısa bir an için gösterdi.

Mükemmel Peter, Felaket Henry'nin külotuna baktı.

"Donun bu mu?" dedi Peter.

"Elbette," dedi Felaket Henry. "Bunlar büyük çocuklar için."

"Ama bu don pembe," dedi Peter.

"Bütün büyük çocuklar pembe don giyer," dedi Henry.

"Ama fırfırı var," dedi Peter.

"Bütün büyük çocukların donları fırfırlıdır," dedi Henry.

"Ama üzerinde gökkuşağı ve kalp desenleri var," dedi Peter.

"Tabii ki gökkuşağı ve kalp desenleri var, çünkü büyük çocukların donlarında gökkuşağı ve kalp desenleri olur," dedi Felaket Henry. "Bilemezsin, çünkü sen sadece bebek donları giyiyorsun."

Peter tereddüt içinde kaldı.

"Ama... ama... şeye benziyorlar... kız külotuna," dedi Peter.

Henry at gibi kişneyerek güldü. "Kız külotu mu? Sence ben kız külotu giyer miyim? Bütün büyük çocuklar bu donu giyiyor. Bu donu giyersen, sınıfın en havalı çocuğu olursun. Hadi al da giy."

Peter gitmek üzere arkasını döndü.

"Giymeyeceğim," dedi Peter.

"Giyeceksin," dedi Henry.

"Senin kokulu donunu giymek istemiyorum," dedi Peter.

"Donum kokmuyor," dedi Henry. "Daha yeni giydim. Şimdi bana donunu ver."

"VERMEM!" diye bağırdı Peter.

"VERİRSİN!" diye bağırdı Henry. "Bana donunu ver!"

"Burada neler oluyor?" diye seslendi buz gibi bir ses. Ses, Müdür yardımcısı Bayan Acayip'e aitti.

"Hiçbir şey," dedi Henry.

"Teneffüste tuvalette oyalanmak yok," dedi Bayan Acayip. "Şimdi ikiniz de dışarı."

Peter koşarak kapıdan çıktı.

Şimdi ne yapacağım, diye düşündü Henry.

Henry pisuarların bulunduğu bölmeye girdi ve pembe külotu üçüncü tuvalet kabininin üzerine sakladı. Ne olursa olsun, o külotu bir daha giymeyecekti. Pembe külot giymektense, hiçbir şey giymezdi daha iyi.

Felaket Henry beslenme saatinde Graham ile karşılaşmamak için elinden geleni yaptı.

Tırmanma duvarında Toby'den kaçtı.
Titrek Dave onu çeşmenin yanında az
kalsın yakalıyordu, ama Henry çabuk
hareket etti. Ralph, Henry'yi sınıfa
kadar kovaladı, ama Henry tam
zamanında yerine oturdu. Başarmıştı! Eve
gitmeye sadece kırk beş dakika kalmıştı.
Okul bittikten sonra adam soymaca oyunu
oynanmazdı. Henry inanamıyordu.
Sonunda güvendeydi.

Henry, Ralph'e dil çıkarttı.

"Ralph beni yakalayamaz ki," diye alay
etti Henry.

Bayan Acuze pençelerini birbirine çarptı.

"Beden eğitimi dersi için üzerlerinizi
değiştirin," dedi Bayan Acuze.

Beden eğitimi mi? Bugün beden eğitimi
dersi olamazdı.

"Uzaylıların beden eğitimi çantanızı
çalmaları da umurumda değil," dedi Bayan
Acuze, Henry'ye kötü kötü bakarak.
"Bahane kabul etmiyorum."

Bayan Acuze böyle düşünüyordu. Ama Henry'nin mükemmel bir bahanesi vardı. Bayan Acuze gibi acımasız ve korkunç bir öğretmen bile donsuz bir çocuğu beden eğitimi dersine katılmaya zorlayamazdı.

Felaket Henry, Bayan Acuze'nin yanına gitti ve durumu kulağına fısıldadı.

"Donunu mu unuttun, nasıl yani?" diye bağırdı Bayan Acuze yüksek sesle.

Henry'nin yüzü kızardı. Kral olunca Bayan Acuze'nin kafasına don geçirerek her gün şehrin etrafında dolaştıracaktı.

"Pekâlâ Henry, bugün şanslı günündesin," dedi Bayan Acuze, çantasından fırfırlı ve pembe bir şey çıkartarak. "Bunu erkekler tuvaletinde buldum."

"Şunu hemen gözümün önünden çekin!" diye bağırdı Felaket Henry.

3

FELAKET HENRY HASTA OLUYOR

Öhöö! Öhöö!

Hapşuu! Hapşuu!

"İyi misin, Peter?" diye sordu Anne.

Peter hapşırıyor, tıksırıyor, öksürüyordu.

"İyiyim," dedi Peter.

"Emin misin?" dedi Baba. "Pek iyi görünmüyorsun."

"Önemli bir şey değil," dedi Mükemmel Peter öksürerek.

Anne, elini Peter'ın terli alnına koydu.

"Ateşin var," dedi Anne. "Bugün okula gitmesen iyi olur."

"Ama devamsızlık yapmak istemiyorum," dedi Peter.

"Yatağına geri dön,"
dedi Anne.

"Ama ben okula gitmek
istiyorum," diye ağlamaya
başladı Peter. "Bir şeyim
yok." Peter'ın terli, solgun
suratı yeşile döndü. Merdivenlerden yukarı
koşarak kendini tuvalete attı. Anne
peşinden koştu.

Blööğğğğğkkkkkk! Evi, korkunç bir
kusma sesi kapladı.

Felaket Henry tostunu yemeyi kesti. Peter
evde mi kalacaktı? Peter okuldan mı
kaytaracaktı? Henry Bayan Acuze'yle burun
buruna zorlu bir gün geçirirken, Peter
televizyon seyrederek tembellik mi edecekti?
Hayatta olamazdı!

Henry de hastaydı.
Bu sabah iki kere
öksürmemiş miydi?
Üstelik dün gece de
bir defa hapşırmıştı.

Şimdi durup düşününce, grip mikrobunun vücudunu sardığını hissedebiliyordu. İşte oradaydılar, boğazından aşağı doğru iniyorlardı.

Uygun adım, ileri, marş diye yürüyordu mikroplar. Merhamet edin! diye bağırıyordu boğazı. Ha ha ha, diye dalga geçiyordu mikroplar.

Felaket Henry, yapmadığı heceleme ödevini düşündü. Tamamlamadığı haritayı. Yazmadığı kitap özetini.

Ah. Henry'nin boğazı ağrıyordu.

Aah. Karnı da ağrıyordu.

Of! Başı da ağrıyordu.

Yaşasın! Henry hastaydı!

Peki ne olacaktı?

Matematik mi Manyak Marvin mi?

Coğrafya mı çizgi roman mı?

Dil bilgisi mi dondurma mı?

Test mi televizyon mu?

Hmm, diye düşündü Felaket Henry. Zor karar.

Öhöö. Öhöö.

Baba gazetesini okumaya devam etti.

ÖHÖÖ! ÖHÖÖ! ÖHÖÖ! ÖHÖÖ!
ÖHÖÖ! ÖHÖÖ!

"İyi misin, Henry?" diye sordu Baba,
başını kaldırmadan.

"Hayır!" dedi Henry. "Ben de hastayım.
Okula gidemem."

Baba gazetesini yavaşça bıraktı.

"Hasta görünmüyorsun," dedi Baba.

"Ama hastayım," diye sızlandı Felaket
Henry. Eliyle boğazını kavradı. "Boğazım
çok ağrıyor," diye homurdandı. Peşinden
de, hazır yeri gelmişken, birkaç kez
öksürdü.

"Kendimi güçsüz hissediyorum," diye
vızıldadı Henry. "Her yanım ağrıyor."

Baba, Henry'ye baktı.

"Pekâlâ, evde kalabilirsin," dedi Baba.

İşte oldu! diye düşündü Felaket Henry.
Keyfi yerine gelmişti. Genelde, o korkunç
anne-babasının Henry'nin okula

gidemeyecek kadar hasta olduğuna inanmaları için, çok daha fazla homurdanması ve vızıldaması gerekirdi.

"Ama bilgisayarda oyun oynamak yok," dedi Baba. "Hastaysan uzanacaksın."

Felaket Henry öfkeden köpürdüğünü hissetti.

"Ama bilgisayarda oyun oynayınca, kendimi daha iyi hissediyorum," diye itiraz etti Henry.

"Eğer bilgisayarda oyun oynayacak kadar iyiysen, okula da gidebilirsin," dedi Baba.

Hay aksi.

Pekâlâ, diye düşündü Felaket Henry. O zaman, yorganını alıp koltuğa uzanır ve televizyon seyrederdi. Anne, Henry'ye tepside soğuk meşrubatlar ve öğle yemeği getirirdi. Belki dondurma bile getirirdi. Bazen hastalığın keyfini çıkaramayacak kadar hasta olmak ne kadar üzücü, diye düşündü Felaket Henry sevinçle.

Henry, Anne ile Baba'nın üst katta tartıştıklarını duydu.

"İşe gitmem gerek," dedi Anne.

"İşe gitmem gerek," dedi Baba.

"Geçen sefer ben evde kaldım," dedi Anne.

"Hayır, ben kaldım," dedi Baba.

"Emin misin?" dedi Anne.

"Evet," dedi Baba.

"Emin olduğuna emin misin?" dedi Anne.

Felaket Henry kulaklarına inanamıyordu. Evde kim kalacak diye tartışıyorlardı! Henry büyüdüğünde, bütün gün evde oturup piyasaya çıkan yeni bilgisayar oyunlarını deneyecekti.

Henry zıplayarak oturma odasına girdi. Sonra zıplamayı kesti. Çirkin, kibirli, korkunç bir yaratık, üzerinde yorganla siyah rahat koltuğa yayılmıştı. Felaket

Henry televizyona baktı. Sağa sola sendeleyen bir grup korkunç yaratık zıplayıp dans ediyordu.

TRA LA LA LA LA,
NELLY'NİN EVİNDE YAŞIYORUZ
MOR RENKLİ ŞEKERLER YİYORUZ
GÖBEKLERİMİZİ ÇARPIŞTIRYORUZ
HA HA HA NEŞEYLE ZIPLIYORUZ

Felaket Henry divana oturdu.

"*Robotların İsyanı*'nı seyretmek istiyorum," dedi Henry.

"*Nelly'nin Evi*'ni seyrediyorum," dedi Peter burnunu çekerek.

"Burnunu çekmeyi kes," dedi Henry.

"Elimde değil, burnum akıyor," dedi Peter.

"Ben senden daha hastayım, ama *ben* burnumu çekmiyorum," dedi Henry.

"Asıl ben senden daha hastayım," dedi Peter.

"Numaracı."

"Sensin numaracı."

"Yalancı."

"Sensin yalancı."

"ANNE!"diye bağırdı Henry ve Peter.

Anne, üzerinde soğuk meşrubatlar ve iki termometre olan bir tepsiyle odaya girdi.

"Henry bana kötü davranıyor!" diye sızlandı Peter.

"Peter *bana* kötü davranıyor!" diye sızlandı Henry.

"Eğer kavga edecek kadar iyisen, okula da gidebilirsin demektir, Henry," dedi Anne, Henry'ye ters ters bakarak.

"Kavgayı ben çıkartmadım, Peter çıkarttı," dedi Henry.

"Henry çıkardı," dedi Peter öksürerek.

Henry daha sert öksürdü.

Peter inledi.

Henry daha acı inledi.

"Ağğğhhhh," diye homurdandı Peter.

"Ağğğğhhhhhh," diye homurdandı Henry. "Bu haksızlık. *Robotların İsyanı*'nı seyretmek istiyorum."

"Ben *Nelly'nin Evi*'ni seyretmek istiyorum," diye mızıldandı Peter.

"Peter daha hasta. Ne seyredileceğine o karar verecek," dedi Anne.

Ne? Peter, Henry'den daha mı hastaydı? Öyle olsa bile, Henry korkunç kardeşinin gününü mahvetmesine izin vermeyecekti.

"Ben daha hastayım, Anne," diye karşı çıktı Henry. "Ben sadece onun kadar şikâyet etmiyorum."

Anne yorgun görünüyordu. Termometrelerden birini Henry'nin, diğerini Peter'in ağzına sokuşturdu.

"Beş dakika sonra gelip kontrol edeceğim," dedi Anne. "İkinizden de çıt duymak istemiyorum," diye ekledi odadan çıkarken.

Felaket Henry ağzında termometreyle arkasına yaslandı. Kendini çok kötü hissediyordu. Elini alnına koydu. Cayır cayır yanıyordu! Termometre 40 dereceye fırlayacaktı.

Ateşim o kadar yüksek ki, bahse girerim termometrenin üzerindeki rakamlar ölçmeye yetmeyecek, diye düşündü Henry. Anne sonunda ne kadar hasta olduğunu görecekti. O zaman Henry'ye kötü davrandığı için üzülecekti.

Mükemmel Peter inlemeye başladı. "Midem bulanıyor," dedi ve termometreyi ağzından çıkarıp koşarak odadan çıktı.

Peter odadan çıkar çıkmaz, Henry divandan kalktı ve Peter'ın termometresini kontrol etti. 39 derece! Hayır olamaz, Peter'ın ateşi vardı. Peter *bütün* ilgiyi üzerinde toplayacaktı. Anne Henry'yi her işe koşacak, Peter'a hizmet ettirecekti. Peter belki fazladan dondurma bile yiyebilecekti.

Henry'nin hemen bir şey yapması gerekiyordu.

Henry, Peter'ın termometresini buzlu su dolu bardağa daldırdı.

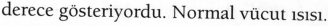

Blup blup. Felaket Henry, kendi termometresini ağzından çıkardı. 36,5 derece gösteriyordu. Normal vücut ısısı.

Normal mi? Yani ateşi yok muydu? Bu imkânsızdı. Kendini bu kadar hasta hissederken, nasıl olur da ateşi olmazdı?

Anne Henry'nin ateşinin olmadığını görürse, üç saniye içinde onu giydirip okula gönderirdi. Belli ki şu salak termometrenin bir arızası vardı.

Felaket Henry, termometreyi ampule yaklaştırdı. Termometreyi azıcık ısıtmış olurum, diye düşündü Henry.

Tık. Tık. Tık.

Eyvah! Anne geliyordu.

Henry hemen Peter'ın termometresini buzlu sudan çıkardı ve kendi termometresini ağzına geri koydu. Ah! Termometre sıcaktı.

"Bakalım ateşin var mı?" dedi Anne. Termometreyi Henry'nin ağzından aldı.

"52 derece!" diye bağırdı Anne.

Hay Allah!

"Termometre bozulmuş olmalı," diye homurdandı Henry. "Ama benim yine de ateşim var. Yanıyorum."

"Hmm," dedi Anne, elini Henry'nin alnına koyarak.

Peter ağır adımlarla salona geri döndü. Suratı kül gibiydi.

"Ateşimi kontrol et, Anne," dedi Peter. Yavaşça yastıklara yaslandı.

Anne, Peter'ın termometresini kontrol etti.

"11 derece!" diye bağırdı Anne.

Eyvah, diye düşündü Henry.

"Bu da bozulmuş olmalı," dedi Henry.

Konuyu değiştirmeye karar verdi.

"Anne, perdeleri açar mısın lütfen?" dedi Henry.

"Ben kapalı kalmasını istiyorum," dedi Peter.

"Açılsın!"

"Kapalı kalsın!"

"Perdeler kapalı kalacak!" dedi Anne.

Peter hapşırdı.

"Anne!" diye ağlamaya başladı Henry. "Peter üzerime hapşırdı."

"Anne!" diye ağlamaya başladı Peter. "Henry pis kokuyor."

Felaket Henry, Peter'a ters ters baktı.

Mükemmel Peter, Henry'ye ters ters baktı.

Henry vızıldadı.

Peter homurdandı.

"Peter homurdanıyor!"

"ANNE!" diye bağırdı Henry ve Peter bir ağızdan. "Söyle yapmasın!"

"Bu kadarı yetti!" diye bağırdı Anne. "İkiniz de hemen odalarınıza!"

Henry ve Peter, ayaklarını sürüye sürüye üst kata çıktılar.

"Hepsi senin suçun," dedi Henry.

"Hayır, senin suçun," dedi Peter.

Sokak kapısı açıldı. Baba içeri girdi. Solgun görünüyordu.

"Kendimi iyi hissetmiyorum," dedi Baba. "Gidip uzanacağım."

Felaket Henry'nin canı sıkılıyordu. Kös kös oturmaktan usanmıştı. Televizyon seyredemedikten ya da bilgisayarda oyun oynayamadıktan sonra hasta olmanın ne anlamı vardı ki?

"Acıktım!" dedi Felaket Henry.

"Susadım!" dedi Mükemmel Peter.

"Başım ağrıyor!" dedi Baba.

"Yatağım çok sıcak!" diye hayıflandı Felaket Henry.

"Yatağım çok soğuk!" diye hayıflandı Mükemmel Peter.

"Yatağım hem sıcak hem soğuk!" diye hayıflandı Baba.

Anne aşağı koştu.

Anne yukarı koştu.

"Dondurma istiyorum!" diye bağırdı Felaket Henry.

"Termofor istiyorum!" diye bağırdı Mükemmel Peter.

"Daha fazla yastık istiyorum!" diye bağırdı Baba.

Anne aşağı koştu.

Anne yukarı koştu.

"Tost istiyorum!" diye bağırdı Felaket Henry.

"Mendil istiyorum!" diye bağırdı Mükemmel Peter.

"Çay istiyorum!" diye bağırdı Baba.

"Birazcık bekleyebilir misiniz?" dedi

Anne. "İki dakikalığına oturmam gerekiyor."

"HAYIR!" diye bağırdı Henry, Peter ve Baba hep bir ağızdan.

"Peki," dedi Anne.

Anne ağır adımlarla aşağı indi.

Anne ağır adımlarla yukarı çıktı.

"Başım ağrıyor!"

"Boğazım ağrıyor!"

"Midem ağrıyor!"

Anne sürünerek aşağı indi.

Anne sürünerek yukarı çıktı.

Felaket Henry, o an saati fark etti. Ha ha. Okul bitmişti! Hafta sonu tatili başlamıştı! Kendimi bir anda bu kadar iyi hissetmem ne kadar ilginç, diye düşündü Felaket Henry.

Felaket Henry yorganı üstünden attı ve yataktan kalktı.

"Anne!" diye bağırdı Henry. "Kendimi çok daha iyi hissediyorum. Artık bilgisayarda oyun oynayabilir miyim?"

Anne sürünerek odaya girdi.

"Şükürler olsun ki daha iyisin, Henry," dedi Anne kısık bir sesle. "Ben kendimi berbat hissediyorum. Gidip uzanacağım. Bana bir bardak çay getirebilir misin?"

Ne?

"İşim var," dedi Henry.

Anne, Henry'ye kötü kötü baktı.

"Peki," dedi Henry gönülsüzce. Anne çayını kendi alamaz mıydı sanki? Bacaklarını kullanabiliyordu sonuçta, öyle değil mi?

Felaket Henry, koşarak salona kaçtı. Bilgisayarın başına oturdu ve "Galaksiler arası Robot İsyanı: Kişisel Bir Mesele" oyununu açtı. Birkaç robotu alt ettikten sonra, "Yılan Oynatıcısının İntikamı" oyununa geçecekti.

"Henry!" diye seslendi Anne. "Çayım nerede kaldı?"

"Henry!" diye bağırdı Baba. "Bir bardak su getir!"

"Henry!" diye sızlandı Peter. "Yorgan getir!"

Felaket Henry kaşlarını çattı. Yani gerçekten insaf... Bu kadar bölünmeyle oyuna nasıl konsantre olabilirdi?

"Çay!"

"Su!"

"Yorgan!"

"Gidip kendiniz alın!" diye bağırdı Henry kızgın bir sesle. Yoksa onu hizmetçi mi sanıyorlardı ne?

"Henry!" diye haykırdı Baba cızırtılı bir sesle. "Derhal buraya gel."

Felaket Henry yavaşça ayağa kalktı. Yanıp sönen ekrana üzgün gözlerle baktı. Ama başka seçeneği kalmamıştı.

"Ben de hastayım!" diye bağırdı Felaket Henry. "Gidip yatayım bari."

4
············

FELAKET HENRY'NİN TEŞEKKÜR MEKTUBU

Oh! Hayat buydu işte! Bir koltuk, bir televizyon ve bir paket cips. Felaket Henry mutlulukla gülümsedi.

"Henry!" diye bağırdı Anne mutfaktan. "Televizyon mu seyrediyorsun?"

Henry kulaklarını tıkadı. Hiçbir şeyin televizyondaki yeni favorisi *Terminatör Gladyatör*'ü mahvetmesine izin vermeyecekti.

"Cevap ver Henry!" diye bağırdı Anne. "Noel hediyeleri için teşekkür mektuplarını yazdın mı?"

"HAYIR!" diye uludu Henry.

"Neden yazmadın?" diye bağırdı Anne.

"Yazmadım da ondan," dedi Henry. "İşim var." İki dakikalığına olsun, başını dinleyemeyecek miydi?

Anne odaya girdi ve televizyonu kapattı.

"Hey!" dedi Henry. "*Terminatör Gladyatör*'ü seyrediyorum."

"Çok yazık!" dedi Anne. "Sana teşekkür mektuplarını yazana kadar televizyon seyretmek yok demiştim."

"Bu haksızlık!" diye sızlandı Henry.

"Ben tüm teşekkür mektuplarımı yazdım," dedi Mükemmel Peter.

"Aferin sana, Peter," dedi Anne. "En azından çocuklarımdan *biri* nezaket kurallarını biliyor."

Peter, alçakgönüllü bir edayla gülümsedi. "Hediye paketini açar açmaz teşekkür mektubunu yazarım. Ne kadar uslu bir çocuğum, değil mi?"

"Hem de dünyanın en uslu çocuğu," dedi Anne.

"Ah, kes sesini Peter," diye hırladı Henry.

"Anne! Henry bana 'Kes sesini' dedi!" diye şikâyet etti Peter.

"Kes şunu, Henry. Hemen Ruby Hala'ya, Büyük Hala Greta'ya ve Büyükanne'ye teşekkür mektubu yazacaksın."

"Şimdi mi?" diye homurdandı Henry. "Daha sonra yapsam olmaz mı?"

"Daha sonra ne zaman?" diye sordu Baba.

"Daha sonra!" dedi Henry. Şu salak mektuplar için neden bu kadar dırdır ediyorlardı ki sanki?

Felaket Henry, teşekkür mektubu yazmaktan nefret ederdi. Neden değerli zamanını hediyelere teşekkür etmek için harcasındı ki? Bunun yerine çizgi roman okurdu ya da televizyon seyrederdi, daha iyi. Ama hayır. Anne, daha Henry hediyeyi açmadan dırdır etmeye başlardı. Büyük Hala Greta'ya bile mektup yazıp yolladığı oyuncak bebek külotu için teşekkür etmesini bekliyordu. Büyük Hala Greta teşekkür mektubunu gerçekten hak etmiyordu.

Bu yıl Ruby Hala, Henry'ye limon yeşili iğrenç bir hırka göndermişti. Henry, bunun için neden teşekkür etsindi ki? Doğruya doğru, Büyükanne harika bir şey yapıp Henry'ye 15 *pound* vermişti. Ama Anne, Henry'yi teşekkür mektubu yazmaya zorlayarak bunun da tüm zevkini kaçırıyordu. Henry kötü hediyeler için mektup yazmaktan ne kadar nefret ediyorsa, güzel hediyeler için mektup yazmaktan da o kadar nefret ederdi.

"Teşekkür mektuplarını yazman gerekiyor," dedi Baba.

"Nedenmiş o?" dedi Henry.

"Çünkü nezaket kuralları böyledir," dedi Baba.

"Çünkü insanlar senin için zaman ve para harcamışlar," dedi Anne.

Ne olmuş yani? diye düşündü Felaket Henry. Yetişkinlerin istedikleri şeyi yapmak

için bol bol vakitleri vardı nasılsa.
Yetişkinlere kimse televizyon seyretmeyi
bırakıp teşekkür mektubu yazmalarını
söylemiyordu. Yo hayır. Yapacaklarını,
canları isteyince yapıyorlardı. Ya da hiç
yapmıyorlardı.

Üstelik yetişkinlerin, Henry'ye kıyasla
dünya kadar paraları vardı. Paralarını
Henry'ye hediye almak için harcamalarında
ne sakınca olabilirdi ki?

"Bütün yapman gereken bir sayfa yazı
yazmak," dedi Baba. "Niye bu kadar
büyütüyorsun?"

Henry, Baba'ya ters ters baktı. Herhalde
Baba bir sayfa yazı yazmanın, Henry'nin ne
kadar zamanını alacağını bilmiyordu. Bir
sayfa yazı, Henry'nin saatlerini alırdı.

"Siz dünyanın en korkunç, en feci anne-
babasısınız. Sizden nefret ediyorum," dedi
Felaket Henry.

"Hemen odana çık, Henry!" diye bağırdı
Baba.

"O mektupları yazmadan da aşağıya ineyim deme," diye bağırdı Anne. "Bu konuyu tartışmaktan bıktım usandım."

Felaket Henry, adımlarını güm güm diye yere vurarak yukarı çıktı.

Hiçbir şekilde teşekkür mektubu yazmayacaktı. Aç kalırdı daha iyi. Ölürdü daha iyi. Bir ay boyunca odasında kalırdı daha iyi. Hatta bir yıl boyunca. Bir gün Anne ile Baba ona bakmak için gelirler ve Henry'den arta kalan kemikleri bulurlardı. İşte o zaman yaptıklarına pişman olurlardı.

Aslında, onları tanıdığı kadarıyla, sadece ortalık dağıldığı için söylenirlerdi. Peter, Henry'nin odasına geçeceği için mutlu olurdu. Ne de olsa Henry'nin odası Peter'ınkinden daha genişti.

Onlara bu keyfi yaşatmayacaktı. Pekâlâ, diye düşündü Felaket Henry. Baba bir sayfa yazmasını söylemişti. Henry bir sayfayı yazacaktı. Henry sayfayı dolduracak kadar büyük bir el yazısıyla şöyle yazdı:

Sevgili
Ruby Hala,
Hediyen için
teşekkür
ederim.

Henry

Böylece bir sayfa dolmuş oldu, diye düşündü Henry.

Anne odaya girdi.

"Mektuplarını yazdın mı?"

"Evet," diye yalan söyledi Henry.

Anne, Henry'nin omuzu üzerinden baktı.

"Henry!" dedi Anne. "Teşekkür mektubu böyle olmaz"

"Olur," dedi Henry. "Baba bir sayfa yazmamı söyledi. Ben de bir sayfa yazdım."

"Beş cümle yazacaksın," dedi Anne.

Beş cümle mi? Beş koca cümle? Dünya üzerinde herhangi bir insanın bu kadar uzun yazı yazması imkân dahilinde değildi. Henry bunu gerçekten yapmaya kalksa, eli kopardı.

"Ama bu çok fazla," diye sızlandı Henry.

"Mektuplarını yazana kadar televizyon yok," dedi Anne, odadan çıkarken.

Felaket Henry dilini çıkarttı. Dünyanın en korkunç, en feci anne-babası benimkiler, diye düşündü. Henry kral olduğunda,

"teşekkür mektubu yaz" diyecek olan anne-
babaları timsahlara atacaktı.

Beş cümle yazmasını mı istiyorlardı? Beş
cümle yazacaktı. Henry kalemini eline aldı
ve karalamaya başladı:

Sevgili Ruby Hala,
Gönderdiğin korkunç hediye için
teşekkür etmiyorum. Bu, bugüne dek
aldığım en kötü hediye.
Şu eski Romalılardan biri, vermenin
almaktan daha iyi olduğunu
söylememiş miydi? Yani aslında,
teşekkür mektubu yazması gereken kişi
sen olmalıydın.

Henry

Not: Bir dahaki sefere para yolla.

İşte! Beş koca cümle. Mükemmel, diye
düşündü Felaket Henry. Anne, beş cümlelik
bir teşekkür mektubu yazmasını söylemişti.

Kibar bir teşekkür mektubu olması gerektiğini söylememişti. Henry birden neşelendi. Mektubu katladı ve Anne'nin verdiği zarfın içine koydu.

Mektupların biri tamamdı. Geriye iki tane kalmıştı.

Aslında Ruby Hala'nın teşekkür mektubu, Büyük Hala Greta'ya da uyardı. Henry'nin tek yapması gereken, Ruby Hala'nın ismini Büyük Hala Greta'nın ismiyle değiştirmekti.

Bingo. İkinci mektup da hazırdı.

Sıra Büyükanne'nin mektubundaydı. Büyükanne para göndermişti, bu yüzden Henry'nin ona güzel bir şeyler yazması gerekiyordu.

"Para için teşekkür ederim, vesaire, vesaire, vesaire. Bugüne kadar aldığım en güzel hediyeydi, vesaire, vesaire, vesaire. Gelecek yıl daha çok para yolla, 15 *pound* pek fazla sayılmaz, Ralph'in büyükannesi Ralph'a 20 *pound* göndermiş, vesaire,

vesaire, vesaire."

Ne kadar yazık, diye düşündü Felaket
Henry, mektubu imzalayıp zarfa koyarken.
Her yıl aynı bildik sözleri yazdığın
mektuplar için bu kadar vakit harcamak
büyük kayıp.

O an Henry'nin aklına olağanüstü bir

fikir geldi. Bu neden daha önce aklına
gelmemişti ki? Zengin olacaktı, zengin.
Henry sokaktan geçerken, çocuklar
gıptayla "Para babası Henry geçiyor," diye
fısıldaşacaklardı. Peter yüz kadar video
kasetiyle Henry'nin arkasından
yürüyecekti. Henry daha sonra bu kasetleri
malikânesindeki yirmi sekiz dev ekran

televizyondan birinde seyredecekti.
Anne, Baba ve Peter, uzakta bir
yerlerde kulübelerinde yaşıyor
olacaklardı ve eğer Henry'ye çok ama
çok kibar davranırlarsa, Henry belki
ayda bir defalığına, küçük
televizyonlarından birini on beş
dakikalığına seyretmelerine izin
verecekti.

Henry iş kurmaya karar vermişti.
Kuracağı işle zengin olacaktı.

"Yetişen kapıyor, koş, koş, koş," diye
bağırdı Felaket Henry. Boynundaki tabelada
şöyle yazıyordu: HENRY'NİN TEŞEKKÜR
MEKTUPLARI: "Kişiye özel teşekkür
mektupları." Bir grup çocuk, Henry'nin
etrafına üşüştü.

"Hepinizin teşekkür mektubunu
yazacağım," dedi Henry. "Tek yapmanız
gereken, bana üzerine alıcının adresi
yazılmış ve pul yapıştırılmış bir zarf

vermek ve ne hediye aldığınızı söylemek.
Gerisini ben hallederim."

"Bir teşekkür mektubunun fiyatı ne
kadar?" diye sordu Karate Kate.

"1 *pound*," dedi Henry.

"Hayatta olmaz," dedi Açgözlü Graham.

"99 *penny*," dedi Henry.

"Unut gitsin," dedi Tembel Linda.

"Peki, 50 *penny*," dedi Henry. "İki tanesi
75 *penny*."

"Anlaştık," dedi Linda.

Henry not defterini açtı. "Pekâlâ, ne
hediye almıştın?" diye sordu. Linda suratını

ekşitti. "Mendil," dedi tiksintiyle. "Bir de kitap ayracı."

"İstersen 'Kötü hediyen için teşekkür etmiyorum' mektubu yazarım," dedi Henry. "Bu mektuplarda özellikle çok başarılıyım."

Linda düşündü.

"Cesurca," dedi Linda. "Ama o zaman zalim John Amca gelecek sefer daha iyi bir hediye yollamaz."

İşler açıktı. Dave üç mektup sipariş etti. Ralph dört "Kötü hediyen için teşekkür etmiyorum" mektubu istedi. Huysuz Margaret bile bir mektup satın aldı. Yaşasın, diye düşündü Felaket Henry. Ceplerindeki bozuk paralar şıngır mıngır ses çıkarıyordu. Şimdi tek yapması gereken, on yedi mektup yazmaktı. Henry bu konuyu düşünmemeye çalıştı.

Henry okuldan gelince doğruca odasına çıktı. Hemen iş başına, diye düşündü Henry. Boş kağıtlara bakınca fenalaşır gibi oldu. Bunca mektup! Haftalarca odasından çıkamayacaktı. Mektup yazma işini neden kurmuştu ki sanki?

Henry bir an durup düşündü. Evet, kişiye özel mektuplar yazacağına söz vermişti, ama Linda'nın halası, Margaret'in büyükannesiyle aynı mektubu aldığını nereden bilebilirdi ki? Bilemezdi. Bilgisayarı da kullanırsa, bu mektup yazma işi kolayca hallolurdu. Ben özel bir kişiyim ve mektupları yazıcıda bizzat yazdırıp postaya vereceğim. Dolayısıyla mektuplar kişiye özel sayılır, diye düşündü Henry. Tek yapması gereken, mektubun başına ilgili ismi yazıp imzalamaktı. Hop, iş bitti, fiş gitti.

Sonra bütün o imzalama işini bir kez daha yapacaktı. Mektubun başına ilgili isim yazılacaktı. Sonra teşekkür mektuplarıyla "Kötü hediyen için teşekkür etmiyorum" mektuplarını ayırmak gerekecekti.

Belki de tüm bunların daha iyi bir yolu vardı.

Felaket Henry bilgisayarın başına oturdu ve yazmaya başladı:

İlgili kişiye,

Bu herkesi kapsar, diye düşündü Henry, böylece herkesin ismini yazmama gerek kalmaz.

a) harika
b) korkunç
c) iğrenç
hediyen için teşekkür ederim / teşekkür etmiyorum. Çok beğendim / hiç beğenmedim. Bu, bugüne dek aldığım en güzel / en kötü hediye. Onunla hemen oynadım / onu kırdım / onu yedim / onu çöpe attım / onu fırlatıp attım. Bir dahaki sefer sadece bolca nakit yolla.

En iyi / en kötü dileklerimle,

İmzayı nasıl halledecekti? Hıh tamam, diye düşündü Henry.

Arkadaşın ya da akraban.

Mükemmel, diye düşündü Felaket Henry. İlgili kişi, mektubunun teşekkür edip etmediğini kendisi anlar. Biraz da onlar çalışıp doğru seçenekleri bulsunlar bakalım.

Yazdır.

Yazdır.

Yazdır.

On yedi mektup hazırdı. Mektupları katlayıp zarflara yerleştirmek, Henry'nin bir dakikasını aldı. Okula giderken onları posta kutusuna atacaktı.

Milyoner olmanın daha kolay bir yolu keşfedilmiş midir acaba? diye düşündü Henry, televizyonun açma düğmesine basarken.

Ding dong.

Henry'nin teşekkür mektuplarını yollamasının üzerinden iki hafta geçmişti.

Felaket Henry kapıyı açtı.

Henry'nin bir grup müşterisi, ellerine tuttukları kâğıtları sallayarak bağırıyorlardı.

"Büyükannem mektubu geri yolladı ve bir hafta televizyon izlememe cezası aldım," diye ağlayarak bağırdı Huysuz Margaret.

"Mahvoldum!" diye bağırdı Aerobik Al.

"Yüzme dersine gideceğim!" diye bağırdı Tembel Linda.

"Şekerleme yiyemeyeceğim!" diye gürledi Açgözlü Graham.

"Harçlık alamayacağım!" diye bağırdı
Kaba Ralph.

"Hepsi senin suçun!" diye bağırdı
müşteriler her bir ağızdan.

Felaket Henry kızgın müşterilerine kötü
kötü baktı. Öfkesinden kuduruyordu.
Onlar için onca ağır işin altına girdikten
sonra, karşılığı bu mu olacaktı?

"Yazıklar olsun!" dedi Felaket Henry
kapıyı çarparken. Bazı insanları mutlu
etmek mümkün değildi.

"Henry," dedi Anne. "Az önce Ruby Hala'yla dünyanın en tuhaf telefon konuşmasını yaptım..."

FELAKET HENRY

Felaket Henry karate kursuna gitmek isterken zorla dans
kursuna sürükleniyor, Huysuz Matgaret'le mutfağa girip
dünyanın en iğrenç "glop"unu yapıyor, kamp tatilini
ailesine zehir ediyor ve küçük kardeşi Peter'a benzemek
için var gücüyle çalışıyor.

FELAKET HENRY VE GİZLİ KULÜP

Felaket Henry aşıdan kaçmak için bin dereden su getiriyor,
kendisini Gizli Kulüp'e almak istemeyen Huysuz
Margaret'ten intikam almak için plan yapıyor, kendi
doğumgününde çıngar çıkartıyor ve anne-babasını kardeşi
Mükemmel Peter'ın yaramazlıklarına inandıramıyor.

FELAKET HENRY DİŞ PERİSİNE OYUN OYNUYOR

Felaket Henry, Diş Perisi'nden para koparmak için ona oyun oynuyor, Huysuz Margaret'i yatılı misafir olarak ağırlıyor, öğretmenlerini sınıftan koşarak kaçırıyor ve kuzini Çıtkırıldın Polly'nin düğününü mahvediyor.

FELAKET HENRY'NİN BİTLERİ

Felaket Henry bitlenince çareyi bitlerini bütün sınıfa yaymakta buluyor, okul gezisinde sınıftan kopup kendi başına program yapıyor, akşam yemeğine gelen misafirleri kendi hazırladığı menüyü yemeye ikna ediyor ve kardeşi Mükemmel Peter'i Ezenpençe'yle tanıştırıyor.

FELAKET HENRY
ÇABUK ZENGİN OLMA PEŞİNDE

Felaket Henry Noel'de istediği hediyeleri almak için türlü numaralar çeviriyor, okulun spor gününde ortalığı birbirine katıyor, ailesinden sıkıldığı için evden kaçıyor ve para kazanıp zengin olmanın en parlak yolunu buluyor.

FELAKET HENRY'NİN PERİLİ EVİ

Felaket Henry televizyon kumandasını Mükemmel Peter'a kaptırmamak için hain planlar yapıyor, perili odada bir gece geçirmek zorunda kalıyor, okul kermesinde büyük ödülü kazanmak için hazine haritasının sırrını çözüyor, katıldığı televizyon programında görgü kurallarını öğreniyor.

FELAKET HENRY VE MUMYANIN GAZABI

Felaket Henry Gizmo koleksiyonunu tamamlamak için
yeni bir yöntem geliştiriyor, okulda başarılı olmanın
yolunu buluyor, yüzme dersine havuzdaki köpekbalığı
olarak katılıyor ve Anne'yi mumyanın gazabından
kurtarmak için Peter'la plan yapıyor.

FELAKET HENRY'NİN İNTİKAMI

Felaket Henry, kardeşi Peter'ı perilerle tanıştırarak ondan
intikam alıyor, ailesine bilgisayarlı şakalar hazırlıyor,
babasının iş yerinde ilk defa kendisinden daha yaramaz
biriyle tanışıyor, korkunç kantin görevlisinden kurtulmak
için yemek pişirmeye başlıyor.

FELAKET HENRY VE BETER BAKICI

Felaket Henry dünyanın en korkunç bakıcısını dize getiriyor, ailesiyle yolculuğa çıkıyor, Cadılar Bayramı'nda şeker toplamanın sıradışı bir yöntemini keşfediyor ve Huysuz Margaret'in Gizli Kulüp bayrağını çalıyor.

FELAKET HENRY'NİN KOKU BOMBASI

Okulun kitap okuma yarışmasına katılıyor, Margaret'in Gizli Kulüp'üne koku bombasıyla saldırıyor, grup çalışması sırasında sınıfı meydan muharebesine çeviriyor ve gece yatısına gittiği evden koşarak kaçıyor.